Une sorcière pas ordinaire

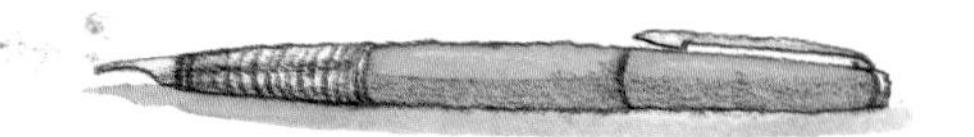

Claire Clément est née à Paris en 1955. Sa mère, bibliothécaire, et son père, conteur-né, lui donnent très tôt le goût de la lecture et de l'écriture. Dès l'âge de huit ans, elle commence à écrire des contes qu'elle offre à ses sœurs à Noël ! Rédactrice à la revue *Pomme d'Api,* Claire Clément vit aujourd'hui avec son mari et ses quatre enfants sur une péniche amarrée près de Paris.

Du même auteur dans Bayard Poche :
La fille qui ne voulait pas se marier - Fiston, le petit roi de l'étang - Boris a la bougeotte
(Les belles histoires)

Letizia Galli est née à Florence en 1944. D'abord architecte et sculpteur, elle décide de se consacrer au dessin. Même si elle habite aujourd'hui à Paris et qu'elle travaille régulièrement pour les revues de Bayard Presse, elle collabore depuis quelques années avec des éditeurs américains chez qui elle a publié de nombreux livres.

Du même illustrateur dans Bayard Poche :
Le monstre de la caverne noire (Les belles histoires)

Bayard Éditions est une marque
du département Livre de Bayard Presse

ISBN 2.227.72814.0

Une sorcière pas ordinaire

Une histoire écrite par Claire Clément

illustrée par Letizia Galli

BAYARD ÉDITIONS

Il était une fois
une sorcière pas ordinaire.
Elle avait des yeux verts
qui lançaient des éclairs,
des cheveux raides
tout debout sur la tête,
et des drôles de vêtements
faits on ne sait comment.

Elle pouvait changer
des chats en crapauds,
des maisons en châteaux,
des enfants en éléphants.
Elle faisait voler les objets,
elle commandait au vent,
au tonnerre et à la mer,
si bien que les sorcières
du monde entier
la couronnèrent
Reine des sorcières.

Mais elles lui dirent :
– Attention, Mirabella, n'oublie pas,
tu n'as pas le droit d'aimer,
sinon tu perdras
tes pouvoirs à jamais !
Alors Mirabella la sorcière se mit à rire,
sûre qu'elle était de ne jamais aimer.
Et son rire était si fort qu'on l'entendit
jusqu'au fin fond* de la forêt.

* Ce mot est expliqué page 46, n° 1.

Mais voilà qu'un jour,
au bord de la rivière,
elle entendit un drôle de petit cri,
et elle vit, posé sur la mousse,
un tout petit bébé.
En bonne sorcière, elle dit :
– Tournicoton et queue de cochon !
Un bébé !
Voyons, voyons,
en quoi vais-je le changer ?
En écureuil, en araignée ou en sanglier ?
Elle s'approcha
et quand elle fut tout près,
le bébé sourit.
Alors son cœur de sorcière s'ouvrit,
et elle aima ce gentil bébé.
Au même instant,
elle sentit qu'elle perdait
tous ses pouvoirs,
mais il était trop tard !
Mirabella la sorcière
garda donc le bébé, une petite fille,
qu'elle appela Aimée.

Bientôt, Aimée est en âge
d'aller à l'école.
Le premier jour,
Mirabella, qui n'est plus sorcière,
mais qui ressemble toujours
à une sorcière,
l'accompagne un bout de chemin.
Bien avant de voir l'école,
Mirabella lui dit :
– Tournicoton et queue de cochon !

Aimée, je ne vais pas plus loin,
car, tu sais, ici,
on n'aime pas beaucoup les sorcières !
Travaille bien,
fais-toi des petits amis,
mais surtout n'écoute pas trop
ce qu'on te dit !
Elle lui donne deux gros baisers
sur le bout du nez
et elle s'en va sans se retourner.

Quand les enfants voient Aimée,
ils l'entourent de tous les côtés,
et ils disent :
– Tiens, mais c'est Aimée,
la fille de la sorcière !
Où elle est, ta mère,
qu'on lui jette des pierres ?
Hou, la sorcière, hou, la sorcière !

Ce soir-là, en rentrant,
Aimée est si triste
que Mirabella la sorcière est inquiète
et, le lendemain, elle l'accompagne
un peu plus loin.

Quand, de loin, elle aperçoit l'école,
elle dit à Aimée :
– Tournicoton et queue de cochon !
Aimée, je ne vais pas plus loin.
Travaille bien, fais-toi des petits amis,
mais surtout n'écoute pas trop
ce qu'on te dit !
Puis elle lui donne deux gros baisers
sur le bout du nez,
et elle s'en va sans se retourner.

Mais, se souvenant
du regard triste d'Aimée,
elle revient sur ses pas.
Tout près de l'école,
elle se cache derrière un arbre
et elle entend les enfants qui disent :
– Ta mère est une sorcière !
Elle a des yeux de vipère !
Hou, la sorcière, hou, la sorcière !
Et cette fois-ci,
Aimée ne se laisse pas faire.
Elle dit :
– Ma mère est peut-être une sorcière,
n'empêche qu'elle a des yeux verts
extraordinaires !

Derrière son arbre,
la sorcière se sent
tout émoustillée*.
Des yeux verts extraordinaires ?
Quelle affaire !
Tout excitée,

* Ce mot est expliqué page 46, n° 2.

elle saute comme une grenouille
jusqu'à la maison.
Et elle se met à rire
d'un rire si fort
qu'on l'entend jusqu'au fin fond
de la forêt.

Ce soir-là, avant de se coucher,
Mirabella la sorcière
se regarde dans la glace,
et, comme ça, pour rigoler,
elle se met du vert sur les paupières,
ça fait ressortir
ses yeux extraordinaires.

Le lendemain,
avec son vert sur les paupières,
elle accompagne Aimée à l'école
et, avant d'arriver, elle lui dit :

– Tournicoton et queue de cochon !
Aimée, je ne vais pas plus loin.
Travaille bien, fais-toi des petits amis,
mais surtout n'écoute pas trop
ce qu'on te dit !
Puis elle lui donne deux gros baisers
sur le bout du nez,
elle se cache derrière l'arbre,
et elle entend les enfants qui disent :

– Ta mère est une sorcière,
et dans ses cheveux mal peignés,
y a plein de toiles d'araignée !
Hou, la sorcière, hou, la sorcière !
Mais Aimée ne se laisse pas faire.
Elle dit :
– Peut-être que ma mère
est une sorcière,
n'empêche que
quand ses cheveux sont peignés,
ils descendent jusqu'à ses pieds !

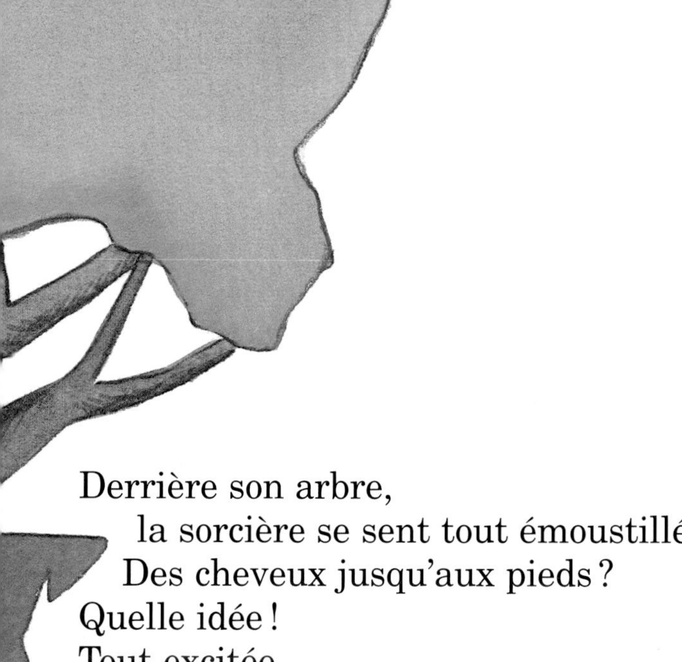

Derrière son arbre,
la sorcière se sent tout émoustillée.
Des cheveux jusqu'aux pieds ?
Quelle idée !
Tout excitée,
elle saute comme une grenouille
jusqu'à la maison
et, en chemin,
elle se met à rire si fort
qu'on l'entend
jusqu'au fin fond de la forêt.

Ce soir-là, avant de se coucher,
Mirabella la sorcière
prend le temps de se peigner,
comme ça, pour rigoler,
et ses cheveux descendent
jusqu'à ses pieds.

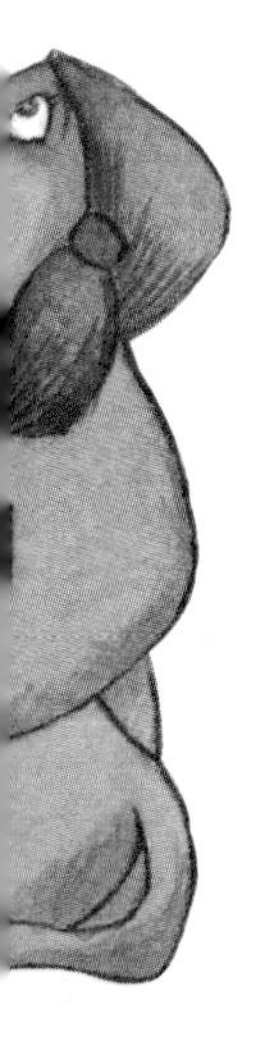

Le lendemain,
avec son vert sur les paupières
et ses cheveux qui descendent
jusqu'à ses pieds,
elle accompagne Aimée à l'école,
mais avant d'arriver, elle lui dit :
– Tournicoton et queue de cochon !
Aimée, je ne vais pas plus loin.
Travaille bien, fais-toi des petits amis,
mais surtout n'écoute pas trop
ce qu'on te dit !

Elle lui donne deux gros baisers
sur le bout du nez,
vite, elle se cache derrière l'arbre
et elle entend les enfants qui disent :
– Ta mère est une sorcière
et ses habits sont un tas d'oripeaux*
faits avec la peau de crapauds !
Hou, la sorcière, hou, la sorcière !
Mais Aimée répond :
– Peut-être que ma mère
est une sorcière,
n'empêche que
quand elle est bien habillée,
elle ressemble à une fée !

* Ce mot est expliqué page 47, n° 3.

Derrière son arbre, la sorcière se sent
tout émoustillée.
Une fée ? Quelle drôle d'idée !
Tout excitée,
elle saute comme une grenouille
jusqu'à la maison,

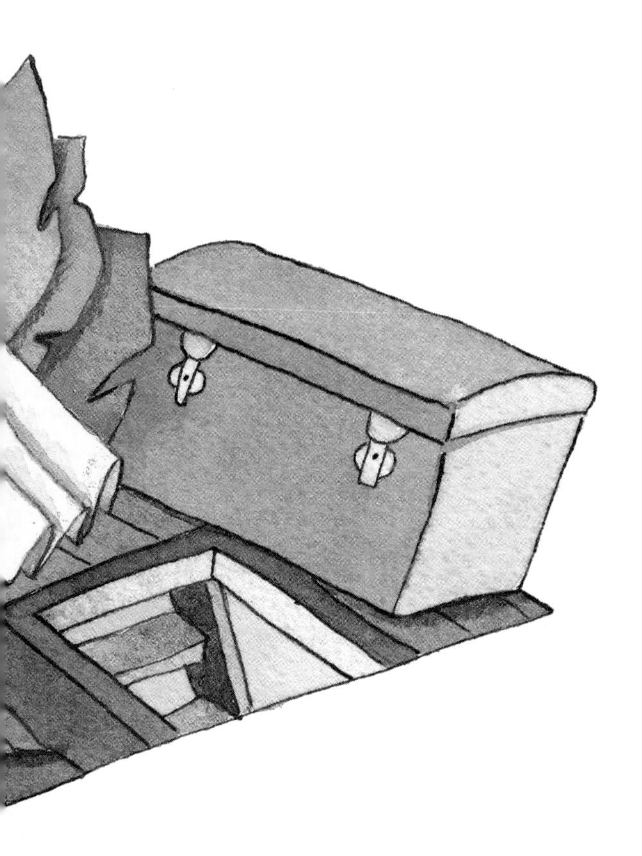

et on entend son grand rire
jusqu'au fin fond de la forêt.
Ce soir-là, avant de se coucher,
Mirabella la sorcière monte au grenier,
elle farfouille* dans ses vieilles malles
pour trouver de quoi s'habiller.

* Ce mot est expliqué page 47, n° 4.

Elle trouve une robe qu'elle met,
comme ça, pour rigoler,
pour voir un peu
à quoi ressemble une fée.
Et le lendemain,
avec son vert sur les paupières,
ses cheveux qui descendent
jusqu'à ses pieds,
et sa robe qui la fait ressembler
à une fée,
elle accompagne Aimée à l'école.

Comme d'habitude,
elle se cache derrière l'arbre,
et elle entend
les enfants qui disent :
– Ta mère est une sorcière,
et toi, t'es aussi vilaine qu'elle !
Hou, la sorcière, hou, la sorcière !
Et cette fois-ci,
Aimée ne trouve rien à dire.
Alors, derrière son arbre,
Mirabella la sorcière est furieuse.
Elle sort de sa cachette
et elle bondit sur les enfants en criant :

– Tournicoton et queue de cochon !
Vous allez voir ce que vous allez voir !
Je vais vous changer en moustiques
et vous volerez dans les airs
le reste de votre vie !
Mais les enfants n'ont pas peur,
ils regardent Mirabella la sorcière
et ils n'en reviennent pas.

Avec son vert sur les paupières,
ses cheveux qui descendent
jusqu'à ses pieds,
et sa robe
qui la fait ressembler à une fée,
Mirabella la sorcière
est une sorcière pas ordinaire.

Et les enfants disent :
– Elle n'a pas l'air
si sorcière que ça, sa mère !
Alors, soudain,
la sorcière se met à rire si fort
qu'on l'entend
jusqu'au fin fond de la forêt.
Et comme les enfants
se mettent à rire avec elle,
elle leur dit :
– Allez, tas de moustiques,
petits crapauds excités,
venez tous à la maison,
je vous offre
un bon goûter !

LES MOTS DE L'HISTOIRE

1. Être
au fin fond
de la forêt,
c'est être
tout à fait au bout,
tout à fait au fond.

2. Quand quelque chose
nous plaît beaucoup,
ou quand on nous fait
des compliments,
on se sent tout content,
on est **émoustillé**.

3. Des **oripeaux** sont des habits qui ont été très beaux, riches et brillants, mais qui sont maintenant tout vieux, tout usés.

4. Quand on veut retrouver quelque chose très vite, on cherche, on fouille en envoyant tout en l'air : on **farfouille**.

Achevé d'imprimer en septembre 1997 par OBERTHUR Graphique
35000 RENNES - N° 1075
Dépôt légal : septembre 1997 - N° d'éditeur 3061
Imprimé en France